Ein erotisches Erlebnis: Geheimnisvolle Liebe, Insel Kult Club

Heimlicher Liebesclub, Volume 1

James Lore

Published by James Lore, 2024.

This is a work of fiction. Similarities to real people, places, or events are entirely coincidental.

EIN EROTISCHES ERLEBNIS: GEHEIMNISVOLLE LIEBE, INSEL KULT CLUB

First edition. April 18, 2024.

ISBN: 979-8224121021

Written by James Lore.

Also by James Lore

die Psychoklinik
Rebellische Liebende in einer gefangenen Welt

Heimlicher Liebesclub
Ein erotisches Erlebnis: Geheimnisvolle Liebe, Insel Kult Club

Standalone
The Slime Pit

Schließen Sie sich uns an

james-lore-publishing.mailchimpsites.com[1]
Laßt euch über Sonderrabatte und kostenlose E-Book-Angebote informieren!

1. https://james-lore-publishing.mailchimpsites.com/

Worte von Lina Carla:

Vielen Dank, dass ihr diese Geschichte liest. Ich schätze eure Zeit sehr und möchte sicherstellen, dass ihr zufrieden seid. Euer Feedback ist mir wichtig und hilft mir, mich zu verbessern. Wenn euch die Geschichte gefallen hat, wäre es toll, eure Meinung auf Amazon zu teilen und sie euren Freunden und eurer Familie zu empfehlen. Ich finde immer Inspiration, um mehr Geschichten zu schreiben, wenn ich positive Rückmeldungen wie eure erhalte. Bitte lest weiter und lasst mich wissen, was ihr denkt und was euch gefällt. Danke, dass ihr mich und meine Arbeit unterstützt. xoxo.

Inhaltsverzeichnisse

Kapitel 1

Mein Name ist Kate, und ich bin das, was man eine moderne Frau nennen würde, frei und wild wie der Wind. Ich bin Mitte zwanzig, hatte schon immer viele männliche Freunde, habe aber auch nicht gezögert, sexuell zu experimentieren. Ich bin sehr interessiert an Männern und liebe es, mich im Bett auszutoben.

Davon abgesehen gehe ich gerne aus, um zu trinken, zu feiern, zu tanzen und anderweitig herumzualbern. "Kate! Träumst du schon wieder", sagt meine Kollegin Lina.

(Lina ist eine der engsten Freundinnen, die ich habe, wir waren schon auf vielen Partys zusammen)

"Nein, nein, ich checke nur etwas auf meinem Handy".

erwiderte ich und tat so, als wäre ich mit meinem Handy abgelenkt.

Sie schaute sich um, dann trat sie etwas näher.

Wir arbeiten beide als Assistenten von Geschäftsführern, aber deshalb machen wir im Büro immer ein professionelles Gesicht. Wir wissen, dass es hier nur langweilige Anzüge und Krawatten gibt.

Aber da die meisten unserer Chefs gerade nicht da sind, können wir über persönliche Dinge reden.

"Ich habe gerade eine Einladung von diesem Typen aus einem Club bekommen, er scheint nett zu sein, wir wollen uns heute Abend treffen. Er sagte, es könnte auch ein lustiger Ort sein, den man danach auschecken kann.

Ich hatte vor, allein zu gehen, also bin ich nicht sicher, ob..."

Lina hielt mich auf: "Du gehst nicht allein, Kate! Es ist gefährlich, alleine zu gehen, ich komme mit!

Vielleicht wird ja sogar was Besonderes draus...haha...nur ein Scherz.

Ich bin allerdings Single, also... haha lass uns beide gehen, ja? Was sagt ihr dazu?!

Wir hatten eh schon ewig keinen richtigen Spaß mehr!!!' flehte Lina.

Nun, da hatte sie nicht ganz unrecht.

Seit unserem letzten großen Urlaub in Frankreich hatten wir nicht mehr wirklich etwas unternommen. Wir waren zwar jedes Wochenende einkaufen oder in Bars, aber das war mehr zum Entspannen und Abschalten als zum Feiern.

"Ok, sicher, ich schreibe dem Kerl später zurück, aber wir werden das tun, lass uns richtigen Spaß haben!"

ich lächelte sie dabei frech an.

"YEAH!!!" schrie Lina voller Begeisterung zurück.

"Oh Gott, sie haben mich im Pausenraum gehört", kicherte sie und deutete über ihre Schulter zurück.

Wir lachten gemeinsam, aber dann beruhigten wir uns mit einem ernsten Blick. Wir wussten, dass es Zeit war, zu arbeiten.

"In Ordnung, wir sind dabei. Ich habe dieses Wochenende sowieso nicht viel anderes vor." sagte ich leise.

"Cool, wollen wir dann zusammen nach einem sexy Outfit suchen, wenn wir fertig sind?"

fragte Lina und lehnte sich ein wenig näher, um zu flüstern.

"Hört sich gut an.

Nur noch 2 Stunden bis zum Ende unserer Schicht"

Antwortete Ich. Wir trennten uns und kümmerten uns beide um die Aufgaben unseres Chefs.

Als sich unser Arbeitstag dem Ende zuneigte, packten Lina und ich schnell unsere Sachen und machten uns auf den Weg zu ihrem Auto. Als wir drinnen waren, läutete mein Handy. Der Mann von vorhin, sein Name ist John, hat mir die Details des Abends geschickt.

Bei der Party handelt es sich angeblich um eine Hausparty in einem Herrenhaus außerhalb der Stadt. Es wird Musik, Alkohol und andere soziale Aktivitäten geben. Das Interessante daran ist, dass er sagte, ich solle nicht zu viele Freunde mitbringen, da es eine kleine Party sei.

Ich zeige Lina die Nachricht und sie rollt bei der Zeile über "andere Aktivitäten" mit den Augen.

"Das ist so offensichtlich! Diese Jungs wollen uns wahrscheinlich nur ficken", flüsterte Lina.

"Ich bezweifle, dass wir mit John und Mark, die so gut aussehen, ein Problem haben werden", lachte ich.

"Du bist so eine dreckige kleine Schlampe, nicht wahr, Fräulein Kate." Lina grinste und schlug mir spielerisch auf den Arm.

"Halt die Klappe, du bist nur neidisch. Außerdem findest du die Typen doch auch heiß! Du könntest wenigstens versuchen, heute Abend mit ihm zu flirten.

Sie lächelte breit und nahm ihren Kompaktspiegel heraus, um sich noch einmal zu betrachten. Sie spitzte die Lippen, um ihren Lippenstift zu überprüfen, dann legte sie das kleine ovale Stück weg.

"Ich weiß, dass er dich mag, aber das kann für uns beide sehr aufregend sein.

Mein Plan ist, dass wir eine Orgie feiern", sagt Lina ohne Scham und beißt sich auf die Unterlippe.

"ähh mit dir drin, richtig? Richtig, du machst über all das Witze?"
sagte ich ungläubig und beobachtete ihren Gesichtsausdruck.

"War nur ein Scherz." Sie lachte, bevor ich ihr einen weiteren verwirrten Blick zuwarf.

Lina und ich haben unser Auto vor dem luxuriösesten Modegeschäft geparkt, das wir kennen. Wir haben vor, ein paar schöne Outfits zu kaufen, denn wir können unmöglich in Shorts, Turnschuhen und Jeans auf einer Party der Oberschicht erscheinen.

"Der Laden ist echt teuer, das können wir uns nicht leisten, aber was soll's, heute Abend sind wir Prinzessinnen."
flüsterte Lina leise, nachdem sie in eine Parklücke in der Nähe des Gebäudeeingangs gefahren war.

Wir verließen das Auto, gingen zum Laden und traten ein, in der Hoffnung, alles zu einem vernünftigen Preis zu bekommen.

"Guten Abend Mädels, wie können wir Ihnen helfen?",
sprach uns eine ältere Dame an.

Lina und ich sahen uns in dem Geschäft genau um. Es war wirklich einer der stilvollsten Läden, die wir je gesehen haben.

Hohe Decken, schicke Glaslüster, Ledersessel, schöne Teppiche.

Und eine ganze Schar eleganter Frauen, die uns anstarrten, als wären wir ein paar arme Gymnasiasten.

"Guten Tag, wir würden gerne Ihre nuttigsten Kleider sehen", sagte ich ohne Angst, ich hatte keine Angst vor ihnen oder schämte mich, das zu tragen, was ich wollte, sie würden mein Leben sowieso nie verstehen.

Einen Moment lang herrschte schockiertes Schweigen. Dann zeigte die alte Dame ein eisiges Lächeln. Sie hob eine Augenbraue und sah erst Lina, dann mich an.

"Sofort, Madame", sagte sie.

In ihrer Stimme war ein deutlicher Ton der Missbilligung zu hören, aber das war uns scheißegal. Schließlich waren wir nicht hier, um gemocht zu werden, wir wollten gut aussehen, nicht anerkannt werden, die Art, wie die Leute mich beurteilen, geht mir immer auf die Nerven.

Die Verkäuferin zeigte uns eine Auswahl an tief ausgeschnittenen Kleidern, Röcken und sogar sexy Dessous. Lina nahm sich das teuerste Outfit heraus, ein rotes Kleid mit tiefem Ausschnitt und hohem Beinausschnitt. Sie probierte es in der Umkleidekabine an und es passte perfekt.

Ich selbst wählte das nuttigste Kleid von allen. Es war ein schwarzes, kurzes Cocktailkleid, das mir bis zur Mitte der Oberschenkel reichte, dünne Schulterträger und rückenfrei. Die Vorderseite ließ sich öffnen, so dass man fast alles sehen konnte, wenn man es richtig trug.

Nachdem ich sie angezogen und Lina gezeigt hatte, schauten mich zwei Jungs mit offenen Mündern an und versuchten so offensichtlich, nicht so geil auszusehen. Und bei dem ausgebeulten Schritt scheiterten sie kläglich daran. Lina pfiff und sagte: " Verdammtes Mädchen!

Wenn die sich jetzt so benehmen müssen, dann gnade dir Gott, wenn wir auf ihre Party kommen."

" Ich weiß, haha, ich liebe es! Sie sabbern schon beide."
erwiderte ich kichernd.

"Findest du nicht, dass es zu freizügig ist?" fragte ich nach kurzem Überlegen.

"Nein, es ist nicht zu viel, nichts zu Ausgefallenes."

Lina kommentierte, dass sie gerade dabei sei, ein paar Fotos von mir im Spiegel für Online-Posts zu machen.

"Aber trotzdem muss ich zugeben, dass dein Arsch in dem Kleid verdammt heiß aussieht!"

fügte sie hinzu, bevor sie das letzte Foto machte.

Wir gingen zur Kasse und ich überprüfte den Gesamtpreis: 450 Dollar für ein einziges Kleid erschien mir lächerlich, aber das wird es wert sein, beschloss ich.

Lina sah sich auch den Gesamtpreis an: 399 Dollar.

"Verdammt, ist das billig", rief Lina, der die Überraschung ins Gesicht geschrieben stand.

Ah, billig, kicherte ich vor mich hin... die Geschichte meines Lebens.

Wieder einmal warf uns die Kassiererin einen eisigen Blick zu, der deutlich machte, dass sie uns nicht mag.

"Einen schönen Tag, Madams", sagt sie mit einem falschen Lächeln und einer süßen Stimme, die mich zum Kotzen bringt.

"Tschüss, Oma", murmle ich, als wir zum Auto gehen.

Ich weiß, dass sie es gehört hat, aber sie hat nichts getan oder gesagt.

"Wow, wir haben es doch noch geschafft, etwas für die Party zu besorgen. Ich kann es kaum erwarten, loszulegen.

rufe ich Lina aufgeregt zu, als wir uns setzen.

"Es sind noch zwei Tage bis Samstag, entspann dich ein bisschen, Mädchen, mach dir nicht zu viel Stress"

antwortete Lina ruhig und schüttelte angesichts meiner Vorfreude leicht den Kopf.

Sie nimmt die Autoschlüssel, lässt den Motor an und wir fahren los.

"Ich bin nicht gestresst, ich bin aufgeregt, Lina. Ich weiß nur nicht, warum", erklärte ich mein seltsames Verhalten.

"Wir haben schon eine Weile nichts Verrücktes mehr gemacht, vielleicht braucht mein Körper einen Kickstart."

"Wenn das so ist, werde ich gerne dafür sorgen, dass dein Körper noch viele Monate lang nicht aufhört, Haha." erwiderte Lina fröhlich und zwinkerte mir zu.

"Sag mal, müssen wir heute wirklich zu deiner Oma gehen, oder hast du das nur in der Hitze des Gefechts gesagt?" fragt sie mich dann neugierig.

Der Geburtstag meiner Großmutter ist schon seit Monaten geplant und ich kann ihn nicht mehr ändern, also ja, sie ist definitiv Teil meiner Wochenendpläne.

"Ja, natürlich, aber wir müssen bald los, sonst kommen wir wieder zu spät. Also lass uns schnell nach Hause gehen.

"Klar, du solltest dich auch ein bisschen frisch machen, duschen und vielleicht deine Haare und Nägel bürsten.

Du willst doch für Oma anständig aussehen, oder?" schlug Lina neckisch vor.

Ich verdrehte die Augen "Oh haha, sehr lustig.

Ich hasse es, wenn sie mir sagt, dass ich schlampig und nachlässig aussehe, obwohl ich perfekt gepflegt bin, haha".

"Mach dir keine Sorgen", sagt Lina grinsend. "Nur weil sie eine alte Dame ist, heißt das nicht, dass sie eine sexy, heiße junge Frau nicht zu schätzen weiß, wenn sie eine sieht."

Kurze Zeit später hielt Lina vor meinem Wohnhaus.

"Komm rein, du kannst dich in meiner Wohnung fertig machen, Lina", bot ich ihr an.

"Großartig!

Dann lass uns gehen", lächelte sie breit.

Wir stiegen aus dem Auto aus und gingen in den zweiten Stock, wo sich meine Wohnung befand.

In der Wohnung ging Lina schnell ins Bad, um sich sauber und präsentabel zu machen.

Ich wartete im Wohnzimmer und surfte auf meinem Handy. Eine Nachricht von Mark, dem gut aussehenden Mann, den wir am Wochenende besuchen werden. Er ist 28, groß, braune Haare, blaue Augen, gebräunte Haut, und sein Text beginnt mit etwas wirklich Süßem.

"Hey Kate. Freust du dich schon auf die Party? Ich kann in letzter Zeit nicht aufhören, an dich zu denken."

Er schrieb. Ich schreibe zurück, dass ich mich so sehr auf die Party freue, aber noch nicht sicher bin, ob ich es schaffe, das ganze Wochenende zu bleiben. Wir werden sehen müssen.

"Okay Babe, ich muss los. Ich hole dich am Samstagabend für die Party ab. 20 Uhr, ok?"

Mark tippte dann als Antwort.

Ich antwortete einfach mit einem Kuss-Emoji. Mark tippt ein Herz-Emoticon zurück, was mich zum Kichern bringt.

Dann pingt mein Telefon erneut, mit einem Anruf von einer unbekannten Nummer.

"Hallo?" sagte ich höflich zu der Person, die mich angerufen hatte.

"Hi Kate, hier ist John. Marks Freund? Ich rufe dich im Auftrag von Mark an, weil er Probleme beim Sprechen hat", kicherte er.

"Jedenfalls freuen wir uns auf Samstag und wollten dich fragen, ob es okay ist, wenn ihr danach einen Bootsausflug macht, anstatt gleich nach Hause zu fahren. Wir haben unser Boot gemietet und wollen damit irgendwohin fahren", erklärt John und klingt dabei freundlich und respektvoll.

"Wow, das klingt cool!

Wie weit werden wir reisen?" erwidere ich fröhlich und bin von dem Angebot ganz begeistert.

"Etwa eine halbe Stunde auf dem Meer, unser Ziel ist eine Insel in der Nähe", erklärte John und kicherte leise.

Kapitel 2

Ich nahm das Telefon von meinem Ohr und sprach laut mit Lina.

"Habt ihr das gehört?

Wir machen einen Bootsausflug!" rief ich und winkte mit den Händen, um ihre Aufmerksamkeit im Badezimmer zu erregen. Sie steckte ihren Kopf aus der Tür und nickte zustimmend.

"Natürlich kommen wir mit! Das wird der Wahnsinn", antwortete ich überglücklich.

"Schön!

Ich bin froh, dass du so darüber denkst, Kate, ich freue mich auf dich, ich wünsche dir einen schönen Tag", sagte John in einem freundlichen, entspannten Ton.

Dann legte er den Hörer auf.

Plötzlich klopfte es an der Wohnungstür.

Das muss meine Mutter sein. Ich stehe langsam auf, gehe zur Haustür und öffne sie. Es ist tatsächlich meine Mutter, gekleidet in ihre Sonntagskleidung, die sie trägt, wenn sie sich mit ihren Buchclub-Freunden trifft oder mit ihren Freundinnen im Café Karten spielt.

"Guten Morgen, Mutter", begrüße ich sie so fröhlich wie möglich. Ich wusste genau, warum sie hier war.

Sie ignorierte die Begrüßung.

"Warum bist du noch zu Hause, die Geburtstagsparty deiner Oma ist bald!... oh hallo Lina", sagt meine Mutter überrascht, als sie Lina auf dem Sofa entdeckt, die sich mit einem Handtuch abtrocknet.

"Hallo Mrs.

Blackwood, ich habe die Zeit vergessen, als ich Yoga gemacht habe, so dass ich nicht mitbekommen habe, was draußen los war", lügt sie makellos.

Meine Mutter kauft es, wow, Lina ist so eine gute Lügnerin.

"Na ja, egal, mach dich fertig.

Wir fahren in dreißig Minuten los", befahl mir meine Mutter.

"Ja, Mutter, ich bin gleich fertig", verspreche ich ihr, mit einem leichten Zögern in der Stimme.

Wir waren alle vorbereitet und brauchten nur noch ein paar Minuten für den letzten Schliff an unserem Make-up.

Leider sah meine Mutter unsere Einkaufstaschen mit den nuttigen Kleidern und zog sofort Schlüsse. "Das ziehst du doch nicht zu Omas Party an, wozu ist das Kleid denn da? Du bist jetzt eine erwachsene Frau, aber benimm dich bitte angemessen."

Mama belehrte mich wieder wie einen Teenager.

"Dieses Kleid ist nur ein Scherz zwischen Lina und mir, das trage ich nicht mehr!"

Ich erwiderte das, aber mit leiser Stimme, um meine Mutter zu beruhigen.

"Soooo, wenn du das sagst... was willst du dann stattdessen anziehen?", fragte sie und musterte meinen Kleiderschrank.

Ich ziehe ein gemäßigteres Kleid aus dem Regal und sie ist zufrieden. "Ok gut, ich lasse euch zwei jetzt allein, aber beeilt euch", sagt sie.

Ich winkte meiner Mutter zum Abschied und schloss die Tür hinter ihr.

"Sie weiß wahrscheinlich, dass diese Kleider jetzt für spezielle Clubs sind", sagte Lina, nachdem ich mich neben sie gesetzt hatte.

"Ich weiß, oder? Aber es ist mir egal, sie weiß wahrscheinlich sowieso, dass ich nuttig bin, und es macht mir nichts aus, dass sie es weiß."

bemerkte ich grinsend zu Lina, die darüber lachte.

"Stimmt hahaha, jetzt lass uns fertig werden, ja? Oma wird es nicht mögen, wenn wir zu spät kommen.

Ich habe sie noch nie persönlich kennengelernt, wie ist sie eigentlich so?" fragte Lina, während sie ihr Kleid für heute anprobierte.

"Oma ist nicht gerade wie andere Großmütter.

Sie ist eher wie ein Drill-Sergeant als eine nette alte Dame." gestand ich.

"Interessant..."

antwortete Lina und ließ ihrer Fantasie freien Lauf.

Nach weiteren 10 Minuten war Lina endlich fertig. Ich stand auf und wir gingen gemeinsam ins Bad.

Mein Look war ziemlich standardmäßig, ich glättete meine Haare und hielt mein Make-up leicht mit nur etwas Mascara, Eyeliner und nude-rosa Lipgloss. Für mein Outfit habe ich ein süßes graues Pulloverkleid ausgesucht. Da wir an einer Familienveranstaltung teilnehmen, kann ich keine nuttigen Outfits tragen.

Wir hatten keine Wahl, wir müssen es einfach leger halten, vor allem, weil wir unter strenger Beobachtung meiner Verwandten und meiner strengen Mutter stehen.

"Lass uns schon gehen", flüsterte ich Lina zu.

"Ja, ja, schon dabei.

Halt dich einfach fest!"

sagte sie, während sie sich mit ihrem Lieblingsparfüm einsprühte. "Ach komm schon, das kannst du doch mal einen Tag ausfallen lassen, Lina."

"Schön, schön, was auch immer. Wir gehen jetzt", schmollte Lina und schnappte sich ihre Handtasche, bevor sie aus dem Bad stürmte.

Wir sammelten alle unsere Habseligkeiten und stellten sicher, dass wir alles mitbrachten, was wir für den heutigen Tag brauchten.

Draußen lehnt meine Mutter an unserer alten Limousine, die zwar ziemlich ramponiert ist, aber dennoch irgendwie geliebt wird, obwohl sie viele Jahre lang höllische Zeiten durchgemacht hat. Lina und ich stiegen auf den Rücksitz, während meine Mutter auf dem Fahrersitz Platz nahm. Wie immer fing sie an zu reden, ohne uns eine Chance zu geben;

Die Autofahrt zu Großmutters Haus war nicht sehr lang und wir konnten den Verkehr umgehen. So kamen wir früh an und hatten Zeit für eine Tasse Tee. Zumindest war das der Plan.

Mit den Geschenken in der Hand eilten wir zur Tür, wo Lina an der Tür klingelte. Ich freute mich sehr, meine Großmutter endlich wiederzusehen, obwohl es ein ganz anderes Gefühl war, als wenn ich sie alleine besuchte. Ich drehte mich um, um zu sehen, ob Lina auch so nervös und aufgeregt war wie ich, als sich plötzlich die Tür öffnete und eine schlanke alte Dame mit faltiger Haut und weißem, zu einem Dutt gebundenem Haar zum Vorschein kam.

Oma sah in ihrem leuchtend roten Kleid und dem traditionellen dunkelroten Schal, den sie locker um Schultern und Arme gewickelt hatte, einfach hinreißend aus.

Drinnen angekommen, warte ich auf ihre Reaktion, als sie mein Geschenk öffnet. Ich kann mit Stolz bestätigen, dass ich dieses Jahr das bestmögliche Geschenk vorbereitet habe.

Sie packt es schnell aus und öffnet es, nur um eine Schachtel mit teuren Kosmetika zu entdecken.

"Oh, mein Schatz! Danke für dieses wunderbare Geschenk", sagt sie, nachdem sie das Set einen Moment lang bewundert hat.

"Du siehst fabelhaft aus!" kommentierte ich aufrichtig, nachdem ich Oma für eine kurze Umarmung umarmt hatte.

"Oh, ich weiß, meine Liebe, danke, dass du mich jedes Mal daran erinnerst, wenn wir uns treffen", erwiderte sie lachend.

Dann wurde ihr Gesicht ernst und sie zeigte auf Lina.

"Und das muss die Lina sein, von der alle reden. Schön, dich kennenzulernen, junge Dame."

streckte sie ihren rechten Arm zum Händedruck aus, so altmodisch wie immer.

"Hallo Frau Schwarzholz. Danke für die Einladung", grüßte Lina die Großmutter höflich.

"Bitte nehmen Sie Platz, es ist genug Essen für alle da"

Großmutter deutete auf einen großen hölzernen Esstisch, der mit Kuchen, Sandwiches und Torten aller Art gefüllt war.

Der Tag verging danach schnell.

Meine Mutter verbrachte den größten Teil des Tages in der Küche und kochte mit meiner Tante und meiner Cousine. Oma führte uns durch ihr großes Haus und zeigte uns all ihre Neuanschaffungen und Sammlerstücke, die sie im letzten Monat oder so bekommen hatte. Lina und ich fühlten uns erschöpft, als wir schließlich die Party verließen.

Ich habe keine Ahnung, wie die Zeit so schnell vergehen konnte. Lina stimmte mir zu, nachdem sie auf die Uhr in unserem Auto geschaut hatte.

"Was für eine Zeit, hm?"

kommentierte ich beiläufig, als wir den Parkplatz verließen.

"Es ging super schnell vorbei", lächelte Lina.

Als wir zurück nach Hause fuhren, dachte ich über die Jungs von der Party am Wochenende nach.

Würden sie mich genug mögen, um etwas auf der Bootstour zu versuchen? Was würde das überhaupt beinhalten? Es gibt so viele Möglichkeiten, und ich kann es kaum erwarten, jede einzelne davon zu erleben.

Kapitel 3

Als wir endlich meine Wohnung erreichten, fuhr ich in unsere Einfahrt, stieg aus und half Lina zurück in meine Wohnung. "Du bist so betrunken, Lina, ich kann nicht glauben, dass wir so viel getrunken haben, wie ist das passiert?"

Sagte ich.

"Nein, ich kann nur nicht laufen", sagte Lina und hielt sich an mir fest, während sie sich abmühte, einen Fuß vor den anderen zu setzen. "Komm, ich helfe dir."

"Du musst heute bei mir schlafen, ich kann dich nicht einfach zu Hause allein lassen." Ich seufzte, als ich sie durch die Eingangstür führte.

"Danke, Kate", murmelte sie dankbar, ließ sich auf das Wohnzimmersofa fallen, schloss die Augen und schlief sofort ein.

Ich schüttelte amüsiert den Kopf, war aber auch froh, dass sie mir genug vertraute, um mich sie betrunken sehen zu lassen. Ich deckte sie mit einer Decke zu und zog mich ins Bett zurück. Morgen wird ein anstrengender Tag werden, und ich freute mich schon sehr darauf.

Aber all das musste warten, zuerst musste ich schlafen.

Zwei Tage später, es ist Samstag, der Tag, an dem wir uns mit Mark und John treffen, den heißen Hengsten aus dem Club, den wir kennen gelernt haben.

Unmittelbar nach dem Aufwachen schaue ich auf mein Handy, eine SMS von John

"Hey Babe, ich kann es kaum erwarten, dich kennenzulernen, wir holen euch beide um 13 Uhr ab, ok? ", hat John mir vor einer Minute geschrieben.

Ich antworte mit einem lächelnden Gesicht.

Dann ruft Mark an und wünscht mir ebenfalls einen guten Morgen. Wir unterhalten uns kurz und legen nach ein oder zwei Minuten wieder auf.

" Lina, komm schon, sie kommen in einer Stunde!"

Ich schreie Lina an, die halbnackt auf meiner Couch schläft, nur in ihrer Unterwäsche.

Lina wird durch mein Rufen geweckt und steht langsam auf. Sie hat noch etwas Schlafkruste im Mundwinkel, die sie versucht, mit der Zunge wegzuwischen.

Ich lachte über ihr Aussehen und konnte mir eine scherzhafte Bemerkung nicht verkneifen.

"Du siehst furchtbar aus, haha"

"Wirklich?!

Wow... vielen Dank", erwiderte Lina sarkastisch und rollte die Augen.

Ich nehme sie am Arm und ziehe sie mit.

"Beeil dich, Mädchen! Du kannst unterwegs frühstücken, los geht's"

Nach weiteren 30 Minuten des Diskutierens, Schminkens, Anziehens und Zähneputzens waren wir endlich fertig.

Während sie die Treppe hinunterging, sagte Lina:

"Ich bin froh, dass du uns im Zeitplan gehalten hast. Heute ist ein wirklich wichtiger Tag.

"Richtig, es ist nicht nur eine weitere Party. Unsere Freundschaft wird heute auf die Probe gestellt", stimmte ich zu.

"Ja, ich kann gar nicht glauben, wie aufgeregt ich eigentlich bin", verriet Lina und drückte sich an die Brust.

Ich war genauso aufgeregt wie sie, aber ich versuchte, ruhig zu bleiben. Wir standen vor dem Gebäude und warteten auf sie, als wir plötzlich eine Männerstimme im Hintergrund hörten.

"Hey Ladies!"

Ich hörte es aus dem Auto, das neben mir anhielt. Es waren Mark und John.

"Oh, seht mal, sie sind da."

sagte ich und winkte sie herbei.

"Bist du bereit, dich von den Socken zu hauen?" John grinste aus dem Auto heraus.

"Immer!" Ich lächelte.

Sie fuhren einen schönen gelben Volvo S60 Coupe.

Es war ein sexy Auto, das gut für uns Mädchen geeignet war. Sie stehen wirklich auf Luxus und High-Class-Kram. Das konnte ich an ihrem Stil erkennen.

Mark fuhr, während John auf dem Beifahrersitz saß und ich und Lina hinten saßen, die Fahrt begann und Mark lächelte mir im Rückspiegel zu, als wir losfuhren, John drehte die Musik im Radio laut auf, sobald wir losfuhren. Wir hörten Mainstream-Musik, einige Top-Ten-Hits, die jeder mochte.

"Wohin, Jungs?!"

fragte Lina und schaute aus dem Fenster, während die Stadt vorbeizog.

"Wir haben noch ein Stückchen Fahrt vor uns. Unsere Villa liegt außerhalb der Stadt in einer Wohngegend, es ist wirklich toll."

antwortete Mark, während John hinzufügte: "Ihr werdet es lieben, wir werden die beste Party aller Zeiten feiern."

"Fantastisch! Das ist perfekt, ich kann schon die Freiheit in der Luft riechen."

verkündete ich in heiterem Ton, während ich den wunderschönen blauen Himmel und das frische Grün um uns herum betrachtete

Kapitel 4

Es war ein warmer Frühlingsnachmittag und die Sonne schien hell über die Bäume und Gebäude der Stadt.

Ich atmete tief ein und lehnte mich in meinem Sitz zurück und genoss es.

" Ihr Mädels seht übrigens echt heiß aus, habt ihr euch extra für heute Abend schick gemacht?"

fragte John Lina und mich neugierig.

"Ja und danke!"

Wir haben gelacht, als wir das fast gleichzeitig sagten.

"Jetzt haben wir den ganzen Tag für uns vier"

fügte Mark hinzu, bevor er den Blinker setzte und die Geschwindigkeit verringerte, um auf die Autobahnauffahrt aufzufahren.

"Ach, nur wir vier? Gibt es keine anderen Leute?"

erkundigte sich Lina.

"Nein, nur wir"

antwortete John mit einem Augenzwinkern.

"Das ist gut. Das heißt, wir können uns entspannen und tun, was wir wollen. Wo sind die anderen Mädchen, von denen du mir erzählt hast?"

fragte ich weiter.

"Nun, ihr zwei seid die Mädchen, die wir am meisten treffen wollten, also haben wir die anderen Dates abgesagt und uns nur auf dieses eine konzentriert."

antwortete Mark, nachdem er sich nervös geräuspert hatte.

Ich wusste nicht, wie ich darauf antworten sollte.

" Oh, jetzt ist es ein Date, haha, ein Vierer?" sage ich spielerisch

"Nun, wir wollten es nicht so früh auf der Reise sagen, aber im Grunde genommen ja, hah, wir werden es später sehen", kicherte John zurück, wobei seine Worte meine intimste Stelle bereits feucht machten. Ich schaute zu Lina, deren Kinnlade leicht herunterfiel, offensichtlich verblüfft.

" Erzählen Sie uns etwas über Sie, Sie müssen eine Menge Mädchen haben, die hinter Ihnen her sind, weil Sie ein gut aussehender Mann sind und alles andere, was dazu gehört, wenn man reich ist", lächelte ich.

"Wir haben noch nicht mit vielen Frauen geschlafen, aber man kann sagen, dass wir hier und da Erfahrung haben, obwohl ihr zwei die heißesten Mädchen seid, die wir je in unserem Leben gesehen haben, ich will nicht lügen, haha". platzt Mark ohne zu zögern heraus.

"Ja, genau das hat er gesagt.

Aber Mark ist voreingenommen", lachte John.

Ich lächle und kichere, so dass beide Männer einen Moment lang sprachlos sind.

Lina hingegen schien nervös und aufgeregt zugleich zu sein.

Ihr Gesicht verwandelte sich in eines der reinen Freude und sie starrte Mark lange Zeit an.

Schließlich bemerkte er sie und sah sie ebenfalls an. Seine blauen Augen funkelten intensiv, voller Zuversicht und Entschlossenheit.

"Wie wäre es, wenn du mir mehr über dich erzählst?" fragte er Lina interessiert und drehte die Musik im Auto leiser, um ihr Gespräch nicht zu stören.

"Ich bin eigentlich Yogalehrerin, die sich auf Stretching spezialisiert hat", beginnt sie zu lügen, als würde sie ein Drehbuch aus dem Gedächtnis aufsagen.

Mark war total fasziniert und schaute sie anerkennend von oben bis unten an.

Auch ich konnte mir nicht helfen und begann, John zu mustern, während ich sein hübsches Gesicht, sein lockiges Haar und seinen muskulösen Körper bewunderte. Meine Augen folgten der Linie seines starken Kiefers, bis sie bei der Beule in seiner Hose stehen blieben.

Als mir klar wurde, was ich getan hatte, errötete ich und wandte den Blick von ihm ab. Doch der Schaden war angerichtet. John grinste breit, als er mich beim Anstarren erwischte.

"Verdammt Lina, du bist wirklich heiß und flexibel, haha, ich frage mich, wie deine Beine aussehen, sie müssen erstaunlich sein", sagte John mit Lust in der Stimme, während er sich das Kinn rieb.

"Wenn du sie dir später ansehen willst, zeige ich dir gerne ein paar Yogaübungen", flüsterte Lina verführerisch zurück.

Plötzlich bog das Auto abrupt auf die Ausfahrt ein.

Die Fahrt endete hier offenbar vorerst.

Dann fuhr der Wagen auf den Parkplatz eines Luxushotels, und ein Page öffnete die Tür und ließ uns aussteigen.

Im Inneren herrscht eine warme und einladende Atmosphäre mit schöner Beleuchtung, die von den polierten Marmorwänden reflektiert wird.

Es gibt einen großen Empfangsbereich, der zu einer Lobby führt, in der die Gäste zwanglos herumlungern oder miteinander plaudern. Ich fühle mich wie im Himmel, als ich die Schönheit um mich herum bestaune.

Wir wurden von Mark, der sich wie ein Gentleman verhielt, nach oben geführt.

Unser Zimmer befindet sich in einem der oberen Stockwerke und bietet einen atemberaubenden Blick auf die Umgebung.

Die Szenerie ist atemberaubend. Die Gebäude schimmern hell im Licht der untergehenden Sonne, und irgendwo dahinter kann ich glitzerndes Wasser erkennen.

"Wow!" hauchte ich aus, während ich aus dem Fenster blickte.

"Ziemlich schöne Aussicht, oder?"

Mark lächelte, stellte sich neben mich und folgte meiner Blickrichtung.

"Ihr Stil gefällt mir, Mr. Reicher"

Lina kicherte, als sie sich setzte.

Mark zuckte nur spielerisch mit den Schultern und schloss sich ihr an.

"Also gut.

Zeit für das Mittagessen, sollen wir zu den Tischen gehen?

"Klingt gut", stimmte Lina zu.

Wir setzten uns an ihren luxuriösen Tisch.

Die Dienerschaft bereitete das Essen für uns vor.

Sie hatten das teuerste Gericht, Hummer. Den hatte ich seit den Ferien meiner Kindheit am Meer nicht mehr gegessen, er war köstlich.

"Wow! Das ist exquisit", lobte ich.

Mark nickte höflich und kaute sorgfältig.

Lina hingegen schaufelte sich ihre Portion eifrig in den Mund, ohne zwischen den Bissen eine Pause einzulegen.

"Sag mal, du hast doch gesagt, dass heute Abend keine anderen Mädchen zu uns kommen werden?" Ich greife das Thema wieder auf.

John lächelt sanft: "Oh ja, natürlich nur ihr beiden Damen. Wir wollen uns nur auf euch konzentrieren, weil ihr so toll seid.

"Du hast keine Ahnung, wie glücklich wir sind, dass du hier bist und dich mit uns amüsierst, wie Freunde", fährt John lächelnd fort.

Mark scheint sich ein wenig wohler zu fühlen als zuvor. Er gibt mir einen zärtlichen Kuss auf die Wange und flüstert mir ins Ohr. "Deine Schönheit fasziniert mich wie keine andere zuvor".

"Danke, Schatz", flüstere ich zurück und gebe ihm einen leichten Kuss auf die Lippen.

Ich bemerke, dass Lina uns eifersüchtig beäugt.

Ich zwinkere ihr zu und ermutige sie, einen Schritt zu machen.

Sie nutzt ihre Chance, als John Wein bestellt.

"Darf ich Ihren Wein probieren, Mr. Rich Boy?"

Lina gurrt süß, bevor sie sich verführerisch über die Lippen leckt.

"Aber natürlich, Miss Flexible"

John flirtet zurück und nimmt einen Schluck aus dem Glas.

Ohne Vorwarnung entreißt Lina ihm die Flasche und umspielt mit ihrer rosa Zunge den Rand, bevor sie jeden Tropfen hinunterschluckt. John starrt sie ehrfürchtig an, während Mark nervös zwischen den beiden hin und her blickt.

Lina ergreift plötzlich Marks Handgelenk und zieht ihn zu sich heran.

Dann fängt sie an, seine Finger zu küssen und an ihnen zu saugen, als ob sie ihnen einen blasen würde. Sein Gesicht rötet sich sofort, aber er lässt sie weitermachen.

"Oh Mädchen, nicht so schnell, lass uns erst zu Ende essen haha, wir können später noch unartiger werden hahahahaha" John lacht herzhaft und fasst sich fest an den Bauch, weil er von seinem intensiven Lachen schmerzt.

In der Zwischenzeit starrte mir Lina direkt in die Augen, während sie ihre sinnlichen Bewegungen fortsetzte, die Mark leicht in seinem Stuhl zucken ließen.

Mark schluckt schwer, bevor er sich wieder an sie wendet.

" Die Bootsfahrt findet also heute statt?"

frage ich neugierig.

"Ja, in 3 Stunden bei Sonnenuntergang"

antwortet Mark begeistert, während er mit meiner Hand spielt.

"Okay, cool, ich glaube, es wird so toll sein, haha".

rufe ich aufgeregt aus.

"Es ist noch viel Zeit übrig.

Warum gehen wir nicht zurück in unsere Privaträume und entspannen uns ein wenig?"

schlägt John höflich vor.

Wir stimmten zu, nahmen all unsere Habseligkeiten und wurden von Mark in ihre Schlafzimmer begleitet.

Die Zimmermädchen boten uns eine Massage an, die wir nicht ablehnen konnten.

Kapitel 5

Sie beginnen mit der Massage von Rücken, Nacken und Schultern und gehen dann zu den Oberschenkeln und Waden über.

Es war himmlisch! Wir ließen beide unsere Körper tiefer in die Kissen sinken, während die Frauen ihre Magie auf uns wirken ließen. Sie benutzten Öl als Gleitmittel, das überraschend angenehm roch.

Plötzlich gingen die Dienstmädchen und Mark massierte mich weiter und John massierte Lina. Das war eine willkommene Überraschung.
"Ich und John sind Spezialisten für intime Massagen" Mark

erklärte er mit heiserer Stimme, was mir einen Schauer über den Rücken jagte.
"Mir gefällt, wohin das führt"
Ich schnurrte spielerisch.

Dann hob er meinen Hintern an und zog mir den Tanga herunter. Bevor ich reagieren konnte, drückte Mark meine Pobacken fest zusammen, bis sie ein enges Loch bildeten. Er steckte seinen Finger hinein, was mich vor Schmerz aufschreien ließ.

"Oh mein Gott, Mark, du hast kein Schamgefühl, du dreckiger Junge"
Ich habe ihn geneckt.

In der Zwischenzeit zog John Linas Kleidung bis auf ihr Höschen und ihren BH aus.

Er küsste ihren Hals leidenschaftlich, bevor er seine Hände um ihre Taille legte und sie unter den Stoff schob, um ihre Titten grob zu streicheln. Sie stöhnte laut auf, als er ihre Brustwarzen hart zwischen seinen Fingerspitzen einklemmte.

Dann begann er, ihre Muschi durch den Stoff hindurch zu streicheln, während er sich gegen ihren Arsch drückte und ihn in kleinen Kreisen rieb.

Seine Handlungen veranlassten sie, sich wieder an ihm zu reiben, was das Gefühl noch verstärkte.

Lina wölbte ihren Rücken und wimmerte leise, als er ihre Wirbelsäule küsste und ab und zu an ihrer empfindlichen Haut knabberte.

"Warum ziehen wir die nicht aus, hmm?"
schlug John vor und zerrte ungeduldig an ihrem Höschen.
Lina gehorchte freudig.
Daraufhin zog sich Lina vollständig aus, bis sie nur noch ihre Unterwäsche trug.

Mark begann, meinen entblößten Po zu küssen und knetete mein Fleisch zusammen, bis ich das Gefühl hatte, zu explodieren.

"Bitte hör nicht auf, ich flehe dich an, mach das für immer mit mir", flehte ich, während mir der Schweiß von der Stirn rann.

"Ich hätte nie gedacht, dass ich so etwas vor meiner besten Freundin tun würde, haha".
Lina kicherte unbeholfen.
"Genieße es einfach, Lina. Denk nicht so viel darüber nach"

John antwortete sanft.

Bevor Lina antworten konnte, schob John zwei Finger in Linas Vagina. Ihr Körper zitterte als Reaktion auf die plötzliche Penetration.

John schob sie mit Leichtigkeit hinein und wieder heraus und spreizte ihre glatten Falten. Lina schnappte nach Luft, als er wiederholt ihren süßen Punkt traf.

Lina drehte ihren Kopf zu ihm zurück.

Ihr Atem wurde schwerer, als er die Intensität erhöhte. Nach einer Weile entspannte sich Lina völlig.

Dann hob John ihren Arsch an, um sein pochendes Glied mit voller Wucht hineinzuschieben.

"Omg, Lina, du hast tatsächlich Sex vor meinen Augen." Ich neckte sie.

"Na, worauf wartest du, Kate, lass dich von Mark tief nehmen", konterte Lina, während sie gestoßen wurde.

"Okay, okay ..." murmelte ich leise vor mich hin. Mark packte den Saum meines Tangas und riss ihn gewaltsam herunter, was mich vor Schreck laut aufschreien ließ.

Ich fiel flach auf die Matratze und entblößte meinen nackten Hintern.

"Oh Gott...Du bist das heißeste Mädchen, das ich je gesehen habe" stotterte Mark.

"Oh Baby, verschwende keine Zeit und fick mich, bitte!" stöhnte ich und drückte mich gegen seine Ausbeulung. Mark zog seinen Schwanz aus seiner Boxershorts und setzte ihn an meiner Öffnung an, bevor er die Spitze hineinschob und sich langsam ganz hineinbewegte.

Ich schrie vor Vergnügen auf, als ich spürte, wie seine Länge mich vollständig ausfüllte.

Es war unfassbar. Wie groß er ist, und wie er sich in mir anfühlt... so etwas habe ich noch nie erlebt.

John sah Mark dabei zu, wie er mich fickte, während Lina neben mir lag und schwer keuchte, während sie ihre Hüften im Takt mit Johns Bewegungen weiterstieß. Ihr Grunzen erfüllte den Raum und hallte von den Wänden wider.

Lina begann unkontrolliert zu wimmern, als ihr Orgasmus immer näher rückte.

Plötzlich verkrampfte sich ihre Muschi wie wild und sie begann am ganzen Körper zu zittern. John hielt den Atem an, während Lina schrie, als ein Orgasmus ihren Körper erschütterte.

Inzwischen hat Mark sein Tempo drastisch erhöht und stößt immer wieder in mich hinein.

Jeder Schlag war härter und schneller als zuvor.

" Mögt ihr Mädels Bdsm?

Ich und Mark lieben es sehr", fragt John mich und Lina wie aus dem Nichts.

"Was ist es?"

fragte ich verblüfft.

"Es ist so etwas Ähnliches wie Peitschen und Ketten, du weißt schon... Fesseln".

"Klingt interessant...

ja, ich habe mich schon immer darüber gewundert, aber ich habe es nie erlebt", gibt Lina aufgeregt zu.

"Willst du es jetzt probieren?"

schlägt Mark verrucht vor und zieht sich abrupt aus mir zurück.

Ich schaue mich erregt um, bis mein Blick auf der Gestalt von Mark landet, die sich über mir abzeichnet. Ich konnte spüren, wie sein Verlangen in ihm brannte. Es erregte sogar mich.

Dann kam John auf mich zu und band mir ein dickes Seil um die Handgelenke. Dann befestigte er es am Bettpfosten und zog es fest.

"Beweg dich keinen Zentimeter, Babe"

Er bestellte auf eine sehr heiße Art.

Das nächste, was ich weiß, ist, dass Marks Schwanz in meinen Mund gerammt wurde und mich komplett knebelte. John streichelte sich heftig, während er zusah.

Mark schloss seine Augen und genoss den Moment. Ich liebte es, eine schmutzige Schlampe für ihn zu sein, also beschloss ich, mich entsprechend zu verhalten. Ich streckte meine Zunge heraus und wirbelte sie wiederholt um seine Spitze, bis er laut stöhnte.

Seine Finger gruben sich in meine Kopfhaut, während er mein Haar fest umklammerte.

"OH JA!", brüllte er.

Lina leckte sich über die Lippen, als sie unseren Auftritt sah.

"Bist du wirklich so eine geile Hure?" hörte ich John von hinten fragen.

Mark ließ meinen Kopf mit einem letzten Stoß los, bevor er sich zurückzog.

Ich setzte mich sofort aufrecht hin und drehte mich um, um John zu sehen, der neben Lina stand und immer noch seinen erigierten Penis festhielt. Er holte eine Peitsche heraus und fragte Lina, ob sie sie haben wolle.

" Natürlich Cowboy, mach es, während du mich fickst" sagt Lina, während ihre Augen zwischen John und der Peitsche hin und her huschen. Sie spreizte ihre Beine weit, um ihm einen besseren Zugang zu ermöglichen. Sie lächelte schelmisch, während sie geduldig wartete.

Ich warf einen letzten Blick auf Mark, der während unseres Gesprächs schwieg. Sein Gesichtsausdruck verriet nichts, denn er beobachtete alles, was geschah, schweigend.

John rückte näher an sie heran und fuhr mit seiner Hand zärtlich an ihrem Oberschenkel entlang.

Als er die Innenseite ihrer Oberschenkel erreicht hatte, legte er seinen Finger neckisch an ihren Schlitz.

"Bitte bestrafe mich, Meister John", bettelte Lina und hielt sich an seinen Armen fest.

Dieser Satz ließ eine Gänsehaut auf meiner Haut entstehen.

"Das ist so verdammt heiß", murmelte ich leise, während ich ihr dabei zusah, wie sie von jemand anderem befriedigt wurde.

John ließ die Peitsche sinken und schlug Lina direkt auf ihre nackte Möse. Sie heulte vor Schmerz auf, behielt aber die Fassung, als er sie mehrere Male in schneller Folge schlug.

"Heilige Scheiße, du siehst soo erotisch aus", rief Mark leise vom anderen Ende des Raumes aus.

"Ja, ich wette, ich habe das Gefühl, jeden Moment zu kommen."
gab ich schamlos zu.

"Dann beeilt euch", drängte Lina uns.

Ich kroch schnell zu ihr hinüber, während Mark mir folgte.

Bald knieten wir beide vor Lina, während wir zusahen, wie John sie gnadenlos bestrafte.

Sein Schwanz pochte sichtlich, während seine Eier gegen Linas Schamlippen klatschten.

Sie zappelte vor Schmerzen, blieb aber weitgehend unbeweglich. John hob seinen Arm hoch in die Luft und ließ ihn gewaltsam herab, wobei er Lina genau dort traf, wo ihre Beine auf ihren Oberkörper trafen.

Sie liebte jede Sekunde davon, gleichzeitig gefickt und ausgepeitscht zu werden. Also sagte ich Mark, er solle dasselbe mit mir machen.

"Klar, Schatz", stimmte er leichthin zu.

Mark hob mein Bein an und legte seine Hand unter mich, um mein Gewicht zu stützen. Er zielte vorsichtig und ließ den Lederriemen mit Präzision über meinen Hintern krachen. Ich stöhnte erregt auf, als der Stich über meine Pobacken brannte.

Meine Wangen zuckten vor Erwartung, als ich auf den nächsten Schlag wartete.

Dann schlug er mit der Peitsche hart zu und traf mich direkt zwischen den Schenkeln. Ich biss mir auf die Lippe, um das Stöhnen zu unterdrücken, das meinen Lippen zu entweichen drohte.

Ich liebte es, besonders dort ausgepeitscht zu werden. Dann fickte er mich auch wieder, während er jetzt meine Titten weiter auspeitschte. Es tat sehr weh, fühlte sich aber auch toll an.

Und das war es, ich war kurz davor, wieder zu kommen, allein der Gedanke daran ist orgasmisch, Mark muss auch kurz davor gewesen sein.

"Komm schon Mark, schieß deine Ladung in mich rein!" flehte ich verzweifelt.

Er willigte sofort ein und schob sich tief in mich hinein und füllte mich ganz aus. Sein dicker Samen floss aus mir heraus, während er schwer keuchend auf mir zusammenbrach. Ich umarmte ihn fest, während wir gemeinsam dalagen und uns von unserem Höhepunkt erholten.

"Siehst du das nicht, John, ich will, dass du dich jetzt auch entlädst, Babe", hörte ich Lina sagen.

John stöhnte und ließ noch mehr Sperma auf ihren geschwollenen Kitzler tropfen.

"Komm in mir ab, Cowboy"

befahl sie ihm mit heiserer Stimme, während sie ihr Becken gegen ihn stemmte.

"Oh ja, gleich bekommst du es, jetzt kommt es", antwortete John eifrig und erhöhte das Tempo seiner Stöße.

Ich wusste genau, was in Lina vorging.

"Wir sind so schmutzige Schlampen Lina, die so gefickt werden", neckte ich sie.

"Stimmt", seufzte sie selig und schloss die Augen, während John wie wild pumpte.

Sein Schwanz stieß unbarmherzig in sie hinein, während Lina in Ekstase schrie und ihren Rücken krümmte.

Ein plötzlicher Schwall von Flüssigkeit strömte aus Linas Muschi, als sie unkontrolliert zum Höhepunkt kam.

"Oh Gott, ich werde verrückt", schrie John in völliger Verzückung, während er seinen Stab ganz in Lina vergrub.

Ein gewaltiger Schwall Sperma schoss aus seinem Schwanz und schoss tief in ihre Gebärmutter.

Sie klammerte sich heftig an seinen Rücken, während sich ihre Nägel in sein Fleisch gruben.

"Das ist so heiß, John, ich kann dein Sperma jetzt schon fast schmecken, ich will dich auch in mir spüren", sage ich zu John, während ich sie beobachte. Er zieht sich aus Lina zurück, bevor er sich auf meine Taille spreizt und seinen Schwanz zwischen meine Lippen schiebt.

" Oh, da kommt immer noch Sperma raus", höre ich Lina sagen.

"Ah, omg yesss", schreit Mark laut auf, als ich eifrig an seinem empfindlichen Schaft sauge. John packte mich an den Haaren und führte meinen Kopf an seinem Schaft entlang nach unten, um mehr davon in meine Kehle zu zwingen.

Ich hustete heftig, als der mit Sperma vermischte Speichel an meinem Kinn heruntertropfte. Ich würgte und würgte und rang nach Luft. Mark warf seinen Kopf zurück, als er wieder kam und einen weiteren Schwall von Säften direkt in meine Kehle schoss.

Ich schluckte hungrig und verschlang jeden Tropfen gierig.

" Komm her Kate, ich will deine spermagefüllte Pussy lecken" sagt Lina zu mir, während sie sich aufrichtet.

Sie zog meine Hüften zu sich heran und leckte mir das restliche Sperma von meinem Schlitz.

"Ahhh ja das ist meine gute Schlampe, meine läufige Hündin"

Ich stöhnte auf und beobachtete Marks Gesichtsausdruck.

" Ich will mehr, mehr Peitsche, mehr Sperma", necke ich beide Jungs.

" Das kommt schon noch, Mädels, wir haben in 20 Minuten die Bootsfahrt und da ist es wichtig, ein bisschen angezogen zu sein" kommentiert Mark. "Wir wollen doch nicht mit nackten Hintern da runter gehen, oder?

"Verdammt", murmelte ich wütend.

Wir verbrachten eine Weile damit, uns gegenseitig zu säubern, bevor wir ins Bad gingen, um schnell zu duschen.

Kapitel 6

Mark ging mit mir unter die Dusche und Lina mit John.

Wir putzten uns gegenseitig ab, während ich Lina neckte: "Hättest du jemals gedacht, dass wir beide so etwas tun würden?"

"Nein, das ist sicher, hahahaaa", kichert sie verlegen.

"Auch ich hätte mir nie vorstellen können, etwas mit Männern zu machen, die ich seit Jahren nicht mehr gesehen habe, aber diese Jungs sind wirklich fantastisch, haha".

fügte ich hinzu, während mein Blick die Konturen von Marks muskulöser Figur entlang wanderte und seine perfekte Form bewunderte.

" Solange ihr zwei euch amüsiert, ist das doch das Wichtigste, oder?" überlegte Mark mit einem schelmischen Lächeln.

"Genau", mischte sich John fröhlich ein.

"Ich frage mich, warum du uns haben wolltest", erkundigte ich mich neugierig.

"Ja, wir sind keine Supermodels", mischte sich auch Lina ein.

"Wollt ihr zwei Witze machen?! Ihr seid absolut umwerfend! Ihr seid beide so einzigartig und wunderschön, und außerdem war es schon bei unserem Treffen im Club klar, dass ihr die Richtigen für uns seid", versicherte uns Mark selbstbewusst und ließ keinen Zweifel aufkommen.

"Danke, du siehst auch gut aus, wirklich schön", machte ich ihm ein aufrichtiges Kompliment, während ich leicht errötete.

"Ach was! Ich weiß das zu schätzen, danke"

erwiderte Mark verschämt.

Als alle mit dem Waschen fertig waren und aus den Duschen kamen, halfen uns die Zimmermädchen mit dem Rest und bereiteten uns für die Bootsfahrt vor. Nachdem wir uns wieder umgezogen hatten, gingen wir die Treppe hinunter und nach draußen zur Anlegestelle, wo ein großes Boot auf uns wartete.

Ich stand da und war fasziniert von seiner Schönheit, während die Jungs mit den Besatzungsmitgliedern ein paar Worte wechselten.

"Das ist unglaublich"

flüsterte ich voller Ehrfurcht.

"In der Tat", stimmte Lina zu, die von allem, was uns umgab, ebenso geblendet war.

Kurz darauf rief Mark uns zu sich und half uns, auf das Schiff zu klettern.

Sobald ich einen Fuß auf die hölzerne Plattform setzte, spürte ich, wie sich mein Magen unangenehm zusammenzog.

Ich versuchte, tief durchzuatmen, um mich zu beruhigen, aber nichts schien zu helfen.

Ich beugte mich leicht vor und kämpfte gegen die Übelkeit an, während ich mich an Marks Arm festhielt.

"Stimmt etwas nicht?"

fragte er mich beunruhigt.

" Ich werde leicht seekrank", gestehe ich zögernd und schlucke schwer.

" Mach dir keine Sorgen, Liebling, John und ich werden uns schon um dich kümmern", flüstert er zurück, wobei ihm die Sorge deutlich ins Gesicht geschrieben steht.

"Wir werden dafür sorgen, dass du alles vergisst, okay?" versprach Mark beruhigend.

" Okay, danke", antworte ich dankbar für seine Freundlichkeit.

John nimmt meine Hand in seine und führt mich in eine luxuriöse Suite, die in sanften Pastellfarben eingerichtet ist und überall Plüschkissen hat. Sie sieht extrem teuer aus, mit einem Kingsize-Bett in der Mitte, umgeben von Dutzenden von Seidenkissen. Über der Kommode hängt ein riesiger Plasmafernseher, es gibt einen begehbaren Kleiderschrank, einen eleganten Waschtisch mit Spiegel und schließlich ein großes Badezimmer mit Whirlpool und separater Toilettenkabine.

Alles sieht fantastisch aus. Ich zucke überrascht zusammen, als John mich spielerisch auf das Bett wirft.

"Oh verdammt, ist das bequem!"

rufe ich erfreut aus, während ich leicht auf der festen Matratze hüpfe.

Er klettert neben mir auf die Kante und legt seinen Arm liebevoll um meine Schultern.

Mark streicht zärtlich über mein Haar und drückt mir hier und da kleine Küsse auf.

Mein Geist entgleitet der Realität, während ich mich in meinen eigenen Gedanken verliere. Für einen Moment vergesse ich völlig, wo wir sind. Das Geräusch der Wellen, die gegen den Schiffsrumpf schlagen, verschwindet im Nichts, und ich konzentriere mich stattdessen nur auf seine warme Berührung.

Ein seltsames Gefühl breitet sich tief in meiner Brust aus und durchflutet jeden Zentimeter meines Wesens.

"Welchen Film wollt ihr Mädels denn sehen? Wir haben Netflix installiert und jede beliebte App, damit wir es euch schön gemütlich machen können, haha" Mark reißt mich aus meinem Tagtraum.

" Ähm, lass uns eine romantische Komödie oder so etwas anschauen", schlage ich zaghaft vor, aus Angst, kindisch oder dumm zu wirken.

"Sollen die nicht zum Lachen sein?" Mark neckt mich sanft und zieht mich näher an sich heran.

"Ja"

Ich antworte ohne zu zögern.

"Okay, wie wäre es dann mit Me Before You?"

fragt Mark selbstbewusst und grinst breit über seinen Vorschlag.

"Das ist perfekt", bestätigt Lina schnell.

"Na gut, dann eben Me Before You.

Ich werde die Stewardess bitten, Popcorn zu machen.

Mark steht auf und geht zur Tür, während er dem Personal etwas zuruft.

Ich tue es ihm gleich und kuschle mich gemütlich unter die Decke neben Mark und lege mich auf seine große Brust.

Ich konnte es kaum erwarten, dass der Film anfing.

Lina kuschelte sich an John

"Oh Mann, das ist unglaublich, wir könnten wie Könige leben", sagte ich, während ich mich umsah.

Das Zimmer war wirklich luxuriös mit einem schönen Blick auf das Meer, und das Bett selbst war wie eine echte Wolke.

"Haha, vielleicht eines Tages, wenn ich dich heirate", lächelt Mark verträumt.

Gerade als Mark zu Ende gesprochen hat, betritt ein Dienstmädchen den Raum mit einem Tablett mit Popcorn.

Sie stellt die Schale neben mir ab und verschwindet schnell wieder. Mark schnappt sich ein paar Snacks und stellt sie neben sich auf einen kleinen Tisch, bevor er sich wieder an mich kuschelt. Ich wende meinen Kopf vom Bildschirm ab, um ihm direkt ins Gesicht zu sehen, um zu sehen, wie er reagiert.

Seine Augen treffen kurz die meinen, was mich tief erröten lässt. Ich spüre eine plötzliche Welle der Zuneigung zu ihm, als er mir mit seinen schönen blauen Augen in die Seele schaut. Mein Herzschlag beschleunigt sich und mein Atem geht schneller, so etwas habe ich noch nie erlebt.

Plötzlich zieht mich Mark zu einem tiefen Kuss zu sich heran, und ich schmiege mich sofort an seinen Körper. Unsere Zungen tanzen leidenschaftlich, während sich unsere Lippen fest umschlingen.

Wir brachen den Kuss erst nach einer langen Zeit ab, als wir erst einmal Luft holen mussten.

Der Film war zu Ende und wir waren so müde, dass wir uns in das bequeme Bett legten.

Mark umarmte mich von hinten und schlief nach ein paar Minuten ein.

Ich warf einen Blick auf Lina, die neben John lag, und sah, dass sie ihn intensiv anstarrte.

Ich beschloss, sie nicht zu stören und sie tun zu lassen, was sie gerne tut. Die Wellen waren beruhigend und die Stille im Zimmer ließ mich einschlafen.

Mitten in der Nacht wachte ich von den Geräuschen des Saugens und Schlürfens auf.

Ich tat immer noch so, als würde ich schlafen, aber ich sah, wie Lina John einen Blowjob gab... mitten in der Nacht... Oh Lina, dachte ich.

Wenn wir uns entscheiden müssten, wer die größere Schlampe von uns beiden ist, wärst du es, dachte ich und sah amüsiert zu. Lina dachte wohl, sie sei vorsichtig, aber die leichten Bewegungen von mir ließen mich sie sehen. Es war sowieso egal, ich war froh, dass sie sich amüsierte.

Ich sah, wie Linas Augen noch einmal aufflatterten, als sie ihren Mund weiter an Johns Schaft auf und ab bewegte und immer mehr von seinem Schwanz in ihren Mund nahm. Ihre Zunge wirbelt an den Seiten entlang und bedeckt seine Haut gründlich mit ihrem Speichel. John stöhnt leise unter ihren Berührungen.

Er hebt seine Hände, um ihren Kopf aufmunternd zwischen ihnen zu wiegen.

Dann setzte John sich langsam auf und ließ Lina auf ihm reiten, Lina schob ihre Hüften vor und zurück und drückte ihren Hintern gegen seinen Schoß. Mit jeder Bewegung glitt ihre Muschi über seinen Schwanz, spreizte ihn weiter auf, bis er ganz in ihr verschwand, ganz zwischen ihren Schenkeln verschwand und mit jeder Bewegung ein und aus ging.

Ihre Brustwarzen berührten leicht seine Brust, während sie sich nach vorne beugte und ihre Lippen auf die seinen presste. Ihre Zungen tanzten sinnlich gegeneinander, während sich ihre Körper im Einklang miteinander verbanden. Sie sahen sich in die Augen und tauschten einen intimen Blick aus, der ihre Seelen miteinander verband, sie teilten einen Geist.

Nachdem sie eine Weile auf ihm geritten war, hielt sie an, beugte sich vor und gab ihm einen tiefen Kuss, wobei sie ihm etwas ins Ohr flüsterte, was ihn zustimmend grunzen ließ. Sie kicherte leise und blies ihm neckisch in den Nacken, bevor sie sich zurücklehnte, ihren Eingang direkt über ihm positionierte und sich auf ihn schob.

Lina wiegte ihre Hüften langsam, gewöhnte sich allmählich an die Fülle, bevor sie ihr Tempo erhöhte.

John krallte sich in die Laken unter ihm, als sie ihre Muskeln um ihn herum anspannte.

"Scheiße Lina, hör nicht auf, bitte mach weiter", knirschte John mit zusammengebissenen Zähnen.

Sie bewegte sich immer schneller und steigerte das Tempo stetig, bis sie brutal, fast schmerzhaft ineinander stießen.

Lina schrie vor Ekstase auf und krallte sich an seinen Schenkeln fest. Ihre Nägel gruben sich tief in sein Fleisch, während sie immer härter stieß, bis er sich schließlich nicht mehr zurückhalten konnte und sich in einer Explosion von Wärme und Nässe in ihr entleerte.

Lina zitterte vor Lust und wölbte ihren Rücken, als ihr Orgasmus sie erfasste und sie beide in völliger Glückseligkeit erzittern ließ.

Sie bemerkte nun, dass ich sie beobachtete, und ich zwinkerte ihr zu und drehte mich zum Schlafen um.

Ich muss nur herausfinden, wie oft ich mitten in der Nacht aufwachen würde, wenn ich höre, wie diese Unzertrennlichen im Dunkeln unanständige Dinge tun. Aber gut, sie sahen glücklich aus, und für mich war es in Ordnung.

Kapitel 7

Wir sind mit dem Sonnenaufgang aufgewacht und haben mit den Jungs gefrühstückt. Danach fragte mich Mark: "Hey, wie war der Film gestern?

Ich war zu sehr damit beschäftigt, dich zu umarmen", gluckste er.

Da wurde ich rot. "Es war schön, ich habe es genossen", schaffte ich es zu sagen.

"Wir sind übrigens auf der Insel angekommen, sie ist die privateste, schönste und erstaunlichste Insel", kommentierte Mark.

Lina und ich schauten nach draußen, auf die Insel. Sie war klein, sah aber wirklich toll aus.

Sie hat einen weißen Sandstrand mit Palmen. Einen riesigen Pool. Ein paar Villen hinter dem Strand und viele verschiedene Aktivitäten, die dort stattfinden.

Jetskis, Kanus, Katamarane usw. Das Wasser war klar und blau. Es war eine absolute Trauminsel.

"Ladies first", lud Mark uns auf die Terrasse ein. "Wow, das ist das Paradies", rief ich erstaunt aus.

John hat über meine Bemerkung gelacht.

"Ich nehme an, Sie amüsieren sich hier?"

erkundigte sich John hoffnungsvoll.

"Natürlich tun wir das", antwortete Lina sofort.

Wir gingen hinunter an den weißen Sandstrand.

Ich bin dort barfuß spazieren gegangen, die Sonne schien auf mich, eine leichte Brise wehte vom Meer herüber. Es war himmlisch.

"Habt ihr Mädels Spaß im Wasser?" fragte Mark.

"Hahaha, du kannst dir meine Antwort darauf denken", sage ich zu Mark.

"Dann lass uns schwimmen", bot er an.

"Wir können alle unsere Sachen ausziehen, es gibt niemanden auf dieser Insel außer uns vier", zwinkert er.

"Wow, du hast meine Gedanken gelesen, Mark Haha".

rief Lina fröhlich aus.

Wir zogen uns aus und stürzten uns in den wunderschönen blauen Ozean.

Es war so heiß, uns alle nackt im Freien zu sehen.

Was würden die Leute denken, wenn sie uns sehen würden. Ich fühlte mich einfach unglaublich frei, wenn ich nackt war. Mark und John bewunderten unsere Körper sehr und begannen unter Wasser mit unseren Titten zu spielen.

Ich schaute nach unten und sah etwas wachsen, offensichtlich ihre Schwänze.

Während wir herumspielten, fing John an, uns mit voller Wucht an die Brüste zu fassen, was zwar ein bisschen weh tat, mich aber auch anmachte. Seine kräftigen Hände drückten unsere Brüste zusammen, als wäre es eine Art Stressball.

"Gefällt dir das Mädchen?", fragt er mich, während er beginnt, meine Brüste grob zu massieren.

"Mmm jaaa", stöhne ich laut, als die Lust meinen Körper durchströmt.

Er reibt und drückt meine Brust und starrt mich dabei aufmerksam an. Sein Schwanz wird durch die Berührung erregt. Ich nehme eine seiner Hände und bewege sie hinunter zu meiner Muschi.

Ohne Vorwarnung schlägt Mark wiederholt auf meine Votze ein. Jeder Schlag lässt meinen ganzen Körper vor Erregung kribbeln. Jedes Mal, wenn er meine feuchten Schamlippen berührt, bebt mein Inneres unwillkürlich.

Ich bin dann unter Wasser gegangen, es war einfach so lustig, ihre Schwänze im Wasser schwimmen zu sehen.

Ich begann, sie mit meinen Händen zu reiben und sie zu wichsen.

Ja, sowohl Johns als auch Marks Cock, während Lina überrascht und erstaunt zusah.

Die Art und Weise, wie er im Takt meiner rhythmischen Streicheleinheiten auf und ab wippte, jagte mir Schauer der Lust über den Rücken. "OHH GOTT!" Mark stöhnte ekstatisch auf, als sein pochender Schwanz unkontrolliert unter der Oberfläche pochte.

Lina legte ihren Mund auf meinen und küsste mich leidenschaftlich, während ich meine Magie auf ihre Schwänze ausübte. Unsere Zungen verschlangen sich in einer leidenschaftlichen Umarmung, die Elektrizität durch meinen ganzen Körper schickte. Ich war noch nie so erregt gewesen, alles schien neu und frisch für mich zu sein.

Nach einiger Zeit schwammen wir zurück zum Ufer und die Jungs servierten uns Getränke und Essen am Strand.

"Ich mag dieses Gefühl der totalen Nacktheit im Freien. Ich wünschte, alle würden das tun und ihre Vorurteile ablegen", sagte ich zu Lina, die eifrig nickte.

"Das ist das Paradies, ich hoffe, wir können mehrere Tage mit dir hier auf der Insel verbringen", antwortet Lina fröhlich, während sie an ihrem Cocktail nippt.

"Ja, wir könnten hier ewig bleiben", grinst John aufgeregt, während er sich neben uns setzt und an seinem Saft nippt.

"Alles, was wir jetzt tun müssen, ist, unsere Tage hier zu verbringen und sexy Dinge zu tun Haha".

ruft Mark selbstbewusst aus, während er stolz in die Szenerie stolziert und mit seinem schlaffen Schwanz wedelt, so dass alle ihn sehen können.

"Ja, das stimmt, Mark, und das sollten wir auch bald tun", schlage ich fröhlich vor, während ich seinen zuckenden Penis betrachte.

Wir fingen alle an, über die Possen der anderen zu lachen und genossen einfach die Sonne, die Geräusche und Gerüche des Meeres und den erstaunlichen Anblick, der uns umgab.

"Hey Mädels, wir wollen euch einen besonderen Ort auf dieser kleinen Insel zeigen, kommt mit", rief Mark, als er und John aufstanden und zu einem dichten Gebüsch gingen.

Lina und ich beschlossen, der Führung der Männer zu folgen und ließen uns von ihnen durch ein natürliches Labyrinth führen, bis wir eine Lichtung erreichten. Dort standen zwei Palmen, die ineinander verschlungen waren und eine Art Torbogen zwischen sich bildeten.

Darunter lag ein Kreis aus Steinen, die zu Stufen geformt waren und in die Dunkelheit hinabführten.

"Hier geht es zu einem besonderen Teil der Höhle, Leute, folgt mir nach unten", erklärte Mark aufgeregt, während er eine Laterne von der

Wand nahm und sie anzündete. Ohne ein weiteres Wort stiegen wir ins Unbekannte hinab.

Als wir unten ankamen, gingen wir ein paar Meter hinein, bis wir ein Metalltor sahen, das uns den weiteren Weg versperrte. Mark holte einen Schlüssel aus einem Versteck, schloss es auf und ließ uns eintreten. Als sich unsere Augen an das Licht gewöhnt hatten, klappten uns vor Erstaunen die Kinnladen herunter.

Vor uns standen Reihen von Bücherregalen, die mit antiken Gegenständen gefüllt waren, die fein säuberlich auf Glasböden ausgestellt waren. Überall an den Wänden hingen Bilder und Gemälde, die antike Zivilisationen in verschiedenen Stellungen bei sexuellen Handlungen darstellten.

An der Decke funkelten bunte Edelsteine, die das Sonnenlicht durch die Lücken reflektierten, so dass wir die Szene besser sehen konnten.

Der gesamte Raum leuchtete wunderschön und gab dem Ganzen ein unheimliches Gefühl.

"Ist das eine Art Sexmuseum?" frage ich mich laut.

"Eigentlich ist es eher eine alte Bibliothek mit vielen geheimen Sachen darin", erklärt Mark, während er weitergeht. "Hier drüben, Leute, seht euch das an!", ruft er.

Wir folgten ihm neugierig und fanden ihn vor einer Glaswand stehen.

John und Mark lachten, als sie unsere großen Augen sahen, denn was wir sahen, war eine Orgie. 2 Weibchen und 5 Männchen vergnügten sich auf dem Boden.

"Das ist heiß, die stehen total aufeinander." bemerkte John leise.

"Was ist der Grund dafür, Mark?"

erkundigte ich mich neugierig und sah zu ihm auf.

Mark zuckte mit den Schultern. "Keine Ahnung, vielleicht ist es eine Art Ritual oder so.

Du glaubst nicht, wie weit diese Leute gehen würden, um ihre Triebe zu befriedigen." Er antwortete so nonchalant, als würde er über so banale Dinge wie das Wetter reden.

"Diese drei Männer sind unsere Freunde, sie laden hin und wieder schöne Frauen ein und verbringen mit ihnen...

eine schöne Zeit"

"Also genau wie du und John", neckte Lina sie.

"Nun ja, irgendwie schon, hahaha, wollt ihr euch ihnen anschließen?"

Er gluckst.

"Warte was?" Fragte ich überrascht.

"Ja, kommt mit, das sind sehr freundliche Jungs", ermutigt uns Mark, während wir ihm durch die offene Tür folgen. Als wir näher kommen, bemerken wir zwei junge Mädchen, die bereits in eine hitzige Aktivität mit den beiden verwickelt sind.

"Das ist doch verrückt", bemerkte John.

"Sag mir nicht, dass du gerade nicht erregt bist", erwiderte Mark grinsend.

Sie hatten Recht, denn Menschen dabei zuzusehen, wie sie heiß und heftig werden, erregt mich immer wieder aufs Neue.

Allerdings waren Lina und ich immer noch nicht ganz überzeugt, ob wir teilnehmen sollten oder nicht.

"Wir würden gerne mitmachen, aber was ist, wenn sie anfangen, uns wehzutun?" fragte ich nervös.

John legte mir beruhigend die Hand auf die Schulter.

"Wenn etwas passiert, werde ich dafür sorgen, dass das nicht passiert, ich verspreche, dass alles einvernehmlich sein wird", flüsterte er leise. Ich seufzte schwer und wägte unsere Optionen sorgfältig ab. Einerseits würden wir uns eine unglaubliche Gelegenheit entgehen lassen, wenn wir jetzt gingen, aber wenn wir blieben, könnte das Konsequenzen haben.

Das Ende von Teil 1 von „Heimlicher Liebesclub"

Don't miss out!

Visit the website below and you can sign up to receive emails whenever James Lore publishes a new book. There's no charge and no obligation.

https://books2read.com/r/B-A-FWTV-GXYBD

BOOKS 2 READ

Connecting independent readers to independent writers.

Did you love *Ein erotisches Erlebnis: Geheimnisvolle Liebe, Insel Kult Club*? Then you should read *Rebellische Liebende in einer gefangenen Welt*[1] by James Lore!

[2]

Dr. Sarah, eine brillante Psychiaterin, hat eine Mission: psychisch kranken Patienten auf ihrem Weg zur Genesung und Wiedereingliederung in die Gesellschaft zu helfen. Während sie ihre Arbeit mit äußerster Professionalität erledigt, weckt die Ankunft des psychisch kranken Patienten Ron aus einem anderen Krankenhaus ihre Neugierde und den Wunsch, die Geheimnisse dieses *rätselhaften* Mannes zu lüften.Er strahlte eine beeindruckende Aura von Männlichkeit und Charme aus, aber das war nicht alles. Allein seine Anwesenheit hatte eine *beruhigende* Wirkung auf sie, ein Gefühl der Sicherheit, das sie nicht ganz erklären konnte. Doch war es wirklich

---

1. https://books2read.com/u/mdwnLw

2. https://books2read.com/u/mdwnLw

so einfach?Obwohl sie sich über die möglichen Folgen im Klaren war, sah sich Sarah zwischen zwei *Möglichkeiten* hin- und hergerissen: eine romantische Beziehung mit Ron einzugehen oder ihre berufliche Distanz zu wahren.Aber hatte sie diese Grenze schon einmal *überschritten*? Wie weit wäre sie bereit zu gehen, um ihm bei seiner Genesung zu helfen? Würde sie ihre Karriere oder sogar ihren eigenen Verstand riskieren, um mit ihm zusammen zu sein?"**Romantisch, fesselnd und spannend**" - dieses Buch verspricht Überraschungen, die herkömmliche Vorstellungen von Liebe, Macht und Autorität in Frage stellen.

About the Author

Born in Frankfurt, Germany in 1991, James Lore has harbored a deep passion for storytelling since his formative years. Through his modest yet evocative writing style, he endeavors to transport readers to captivating realms populated by mythical beings and unforgettable personalities. In his works, Lore endeavors to create intricate plots, dynamic settings, and well-rounded characters, often prompting favorable comparisons. Whether one's preference leans toward fantasy, thrillers, or simply compelling narratives, James Lore humbly invites readers to explore his literary offerings. With a genuine love for storytelling and a burgeoning talent as a writer, he aspires to make his mark in the literary world in the years ahead. For those curious about his future endeavors, a visit to his Amazon page may unveil new and intriguing tales.